CW00690408

ESSAI

SUR

LA CONNOISSANCE

DES THEATRES

FRANÇOIS.

par Duclairon

(illegible handwriting)

ESSAI

SUR

LA CONNOISSANCE

DES THEATRES

FRANÇOIS.

Non te quæsiveris extra. PERS. Sat. 1.

BIBLIOTHEQUE ROYALE

A PARIS,

Chez PRRULT pere, Quay de Gêvres, au Paradis.

M. DCC. LI.

AVEC PERMISSION.

PRÉFACE.

SI l'on confultoit toujours la vérité dans les Ouvrages, furtout lorfqu'ils font fufceptibles de critique, le nombre en diminueroit bientôt, & ils deviendroient bien plus utiles à la Societé. Celui qu'on préfente au Public, eft un de ceux qui demandent le plus de précaution, tant par les chofes qu'il contient, que par celles qui peuvent avoir été obmifes: il eft de certaines vérités que la délicateffe ne peut fouffrir, quoiqu'elles n'attaquent point les qualités

du cœur : l'amour-propre s'offenſe
aiſément, & il en coûte pour di-
minuer de la bonne opinion que
l'on a de ſoi-même ; l'Homme de
Lettres ſe croit ſçavant ; le Sçavant
ſe croit profond ; l'Auteur d'une
Tragédie ſoutenue par la Cabale,
s'imagine déja balancer Corneille,
& être regardé comme ſon ſucceſ-
ſeur, l'Acteur s'applaudit en ſecret,
au défaut des applaudiſſemens du
Public ; enfin on veut prévaloir, il
eſt vrai que cette envie fait naître
l'émulation ; mais la plûpart des
hommes bornent leur réputation au
cercle des Flateurs qui les environ-
nent, & où ne voit-on pas de ces
gens-là ? il n'eſt pas juſqu'au vice
qui n'en ait.

Les perfonnes qu'un efprit fage gouverne, ne louent ou ne blâment qu'avec ménagement.

Écrire pour foi , communiquer en tremblant fes réflexions aux au-tres, afin de profiter de leurs con-feils, chercher à être plus utile qu'a-gréable ; ce font les feuls motifs qui peuvent honorer les travaux d'un galant homme , & c'eft auffi ceux que l'on a eûs en compofant ce pe-tit Ouvrage. Comme on n'y parle que des principaux Acteurs des Théâtres François ; on leur a ren-du toute la juftice qu'ils méritoient, fans s'aveugler fur leurs défauts ; les jugemens que l'on porte n'ont été formés qu'après les réflexions.

On a mis l'Acteur en paralelle avec lui-même, fans l'humilier par une comparaifon étrangere, & l'on a découvert les moyens par lefquels il pouvoit plus fûrement nous plaire.

On prie les Lecteurs de ne point faire d'application, lorfque l'on parle des talens néceffaires aux Acteurs en général, & des défauts communs à la plûpart; on a nommé tous ceux dont on vouloit parler, & l'on rifqueroit beaucoup, fi l'on attribuoit à quelqu'un en particulier, ce qui n'a été dit que pour le général.

Cet Effai demanderoit un grand détail, quoiqu'il paroiffe borné par fon fujet; mais comme ce ne font, pour ainfi dire, que des réflexions, l'efprit

l'efprit du Lecteur y suppléera, &
ce travail ne pourra que l'amuser ;
on a même retranché bien des cho-
ses pour lui ménager ce plaisir.

Ceux qui voudront pénétrer plus
avant dans le secret des Théâtres,
& connoître les ressorts employés
par les Auteurs dans la composi-
tion de leurs Poëmes, pourront consulter la Poëtique d'Ariftote, les
sçavans Difcours de Corneille & de
Racine fur la Tragédie, les Réflexions de M. de la Mothe fur le
même fujet, & les différentes Dif-
fertations qui ont paru dans la nouveauté des Piéces.

On laiffe le foin au Lecteur, de
parcourir tous ces Ouvrages, pour

ne lui parler que du jeu des Acteurs, & lui faire part des remar-
ques que l'on a faites aux repréfen-
tations.

S'il arrive quelquefois que l'on
entre dans le détail des Piéces, c'eft
moins pour en faire la critique ou
l'éloge, que pour montrer le rapport qui s'y trouve avec les Comédiens qui les repréfentent.

TABLE

DES CHAPITRES.

APPROBATION.

J'AY lû, par ordre de Monſeigneur le Chancelier, un Manuſcrit, qui a pour Titre ESSAI SUR LA CONNOISSANCE DES THEATRES FRANÇOIS; je n'y ai rien trouvé qui doive en empêcher l'impreſſion. Fait à Paris ce 31 Août 1750

DE CAHUSAC.

ESSAI

SUR LA CONNOISSANCE

DES THEATRES

FRANÇOIS.

CHAPITRE PREMIER.

Des Théatres en général.

AMAIS les Spectacles n'ont été plus fréquentés ni plus épurés qu'ils le font aujourd'hui ; les Grands y vont par état & pour s'y diftraire de la

A

contrainte où les tient leur condition ; les Petits y cherchent une dif-
fipation aux foins que demande le
commerce ordinaire de la vie. Les
honnêtes gens font perfuadés, que
ce font les plaifirs les plus agréables
& les moins difpendieux, & que bien
loin de porter quelque atteinte à l'efprit & au cœur, ils fourniffent à l'un
& à l'autre dequoi les détacher des
paffions les plus violentes : plus on
y eft affecté, moins on fera fenfible
aux jeux & autres diffipations, qui
enfeveliffent l'ame dans les remords
& dans la crainte. Si le Spectateur
en fort fans avoir profité des exemples de vertu qu'il aura vû repréfenter, fon repos ne fera point troublé

pour cela d'aucune agitation, & fa
fortune n'aura couru aucun rifque :
il aura du moins joui de l'agréable,
s'il n'étoit pas difpofé à en recevoir
l'utile.

C'eft en France où les Spectacles,
en géneral, femblent s'être acquis
le plus de réputation, foit par le
genre particulier & la beauté des
Ouvrages que l'on y repréfente, foit
par les talens des Acteurs qui les
jouent. Nous n'y fommes affectés,
qu'autant que l'illufion nous féduit :
les Connoiffeurs y admirent la conduite & l'art du Poëme, puis ils déf-
cendent au jeu des Acteurs : c'eft-là,
plus ou moins, qu'ils fe laiffent emporter par la force de leurs talens.

Les Etrangers y viennent étudier nos mœurs & nos ufages; ils y apprennent l'art de fe bien mettre : ils voyent dans l'Acteur un modéle qu'ils voudroient imiter; fa démarche, fon maintien, la maniere dont il fe préfente, leur épargnent des leçons qu'ils ne pourroient recevoir ailleurs qu'avec un peu de mortification.

Il leur eft aifé de fe laiffer furprendre par les applaudiffemens du Public, nous mêmes fommes entraînés par le torrent; & ce n'eft qu'après avoir réflechi dans le Cabinet, que nous donnons aux chofes le véritable prix qu'elles méritent.

il N'eft point de vrai Connoiffeur,

qui n'ait été féduit par le brillant de la déclamation, & qui ne foit convenu de fon erreur. Le Théatre eft le temple de l'illufion, on n'y va même que pour en éprouver tous les charmes ; & il arrive très-fouvent, qu'à force d'admiration pour nos Acteurs, on parvient à confondre les vrais talens qu'ils poffedent, avec l'apparence trompeufe de ceux que nous leur fuppofons.

On apporte rarement aux Spectacles cette indifférence, qui doit régler les applaudiffemens, & c'eft avec trop de complaifance ou trop de rigueur, que nous les voyons fur la fcéne, alors leur confiance ou leur timidité régle leur jeu, & le Spectateur fenfé ne fçait quel jugement il en doit porter ; pourra-t'il débrouiller dans le moment, pourquoi tel Acteur a un jeu faux ? Sçaurat'il que le Public l'a monté fur ce ton, ou du moins lui a fouffert ? Comment eft-ce que cet Etranger interprétera la froideur de cette jeune Actrice ? Il s'en prendra à fon temperemment, tandis que ce ne fera qu'un effet de la mauvaife humeur d'un Parterre prévenu ; il fortira du Spectale, comme d'un Cahos, où il n'aura rien compris ; il croira même s'être trompé dans fes jugemens, par leur peu de rapport avec ceux de la Nation.

Si le mérite des Acteurs répondoit toujours aux applaudiffemens du Public, il feroit aifé de fixer l'opinion que l'on en doit avoir; un Début de trois mois, qui fournit à chaque Repréfentation les plus fortes Recettes; l'approbation de plufieurs Gens de goût, des fuffrages continués l'efpace de plufieurs années; tout cela ne femble-t'il pas annoncer un mérite décidé?

Mais l'expérience apprend trop comment ces apparences de fuccès doivent être expliquées : on a vû même les plus brillantes nouveautés ne produire que des phantômes, que les réflexions ont abfolument détruits.

Il fembleroit cependant que les

A iiij

empreffemens du Public devroient être les garans du vrai mérite, fi l'on ne l'avoit vû fe contredire tant de fois. En effet, combien de réputations n'a-t'il pas accordé, qu'il a détruit dans un inftant? C'eft enfin un Tribunal d'hommes, qui fe reffent toujours de la foibleffe de ceux dont il eft compofé, & qui eft d'autant plus jaloux de fon autorité, qu'il peut craindre que l'on ne veuille plus s'y foumettre. En quel endroit du Monde jouit-il mieux de fes droits, que fur nos Theatres de France? Ses moindres volontés y font refpectées.

Il y auroit de l'injuftice à refufer au Public François, les connoiffan-

ces que produifent l'étude & le bon
goût ; mais il y auroit trop de bonne foi à s'en rapporter aveuglément
à fes décifions & à régler nos applaudiffemens fur les fiens ; tantôt
féduit par la nouveauté, il n'apperçoit point les défauts : tantôt exa-
minateur rigide des défauts, il ne
rend pas juftice au mérite de l'invention ; il eft vrai que la plus fai-
ne partie dont il eft compofé, demande du tems, pour pouvoir porter des jugemens certains ; mais,
comme c'eft le plus petit nombre,
rarement il l'emporte, & il faut des
Siécles pour mettre les chofes dans
leur jufte valeur.

Les Theatres François meritent

une attention particuliere par l'art
que les Acteurs employent aux Re-
préfentations ; car s'ils fe font quelquefois écartés du vrai goût, ce n'a
été que fous une apparence de rafi-
nement qui pouvoit plaire davantage

Effectivement, la plûparr de ceux
qui vont aux Spectacles, veulent
être furpris dans ce qu'il y voyent,
& croiroient n'avoir pas été amu-
fés, s'ils n'avoient été frappés par
quelque chofe d'extraordinaire, foit
dans le fujet de l'Ouvrage, foit
dans l'exécution.

Il faut cependant convenir, que
les Nations Étrangeres ont employé
bien plus que nous ces moyens ex-

traordinaires pour étonner les Spectateurs ; contens de rapporter les
actions des Grands Hommes, nos
Auteurs ont rejetté ces incidens
qui passent la vraisemblance, & ils
l'ont même sacrifié quelquefois,
pour se conformer davantage aux
mœurs de leurs Compatriotes ; le
terrible chez nous ne peut passer
qu'en faveur de la grande vérité
qui le produit, aussi l'Acteur est-il
obligé de s'y conformer, & de ne
point aller aux grands mouvemens
sans nous avoir prévenu par degré,
& nous avoir conduit pas à pas à
l'extrême des passions : les fureurs
d'Oreste, celles d'Œdipe, l'invoca-
tion de Medée, les transports d'A-

riane ; toutes ces situations violentes font précedées de quelques fentimens qui les annoncent.

L'on aura fans doute beaucoup
de peine à introduire fur la Scéne
Françoife, ces événemens terribles
qui font l'ornement du Théâtre An-
glois, comme les apparitions, les
meurtres, & nombre d'autres incidens qui caractérifent leurs Piéces.
On fe laffe même des Songes, certains avant - coureurs de quelque
événement funefte, afin de donner
plus de vénération pour l'interpret-
te : on ne les regarde plus que comme des tours ingénieux, mais ufés
qu'un Auteur veut employer pour
nous intéreffer davantage ; le Songe

de Pauline, celui de Clitemneſtre,
ſuffiſent pour nous montrer l'effet
qu'ils peuvent produire; les répe-
ter, c'eſt riſquer d'être Plagiaire,
ou de faire tomber ſon Ouvrage par
la comparaiſon.

L'extraordinaire ne ſçauroit donc
nous affecter, qu'autant qu'il eſt
pris dans la vérité; & malgré l'art
de M. de Voltaire, l'Ombre de Ni-
nus n'a pas produit, ſur les Spectateurs, l'effet qu'il en attendoit.

* Jamais au Spectateur, n'offrez rien d'in-
croyable,
Le vrai peut quelquefois n'être pas vraiſem-
blable,
Une merveille abſurde eſt pour moi ſans
appas,
L'eſprit n'eſt point ému de ce qu'il ne croit
pas.

* *Boileau,*

Comme il ne réuſſiroit pas à un Auteur de s'écarter du vraiſembla-ble, il y auroit encore plus d'er-reur à un Acteur de s'écarter de l'eſprit de ſon rôle ; il ne peut bien le repréſenter, qu'autant qu'il ſe croit lui-même celui qu'il repréſente ; dès que cela n'agit pas aſſez forte-ment ſur ſon imagination, il eſt preſ-que impoſſible qu'il le rende bien.

Il y a au Théâtre, des perſon-nages qui ont des caractères ſi peu ſoutenus, & même ſi peu vrais, qu'il eſt impoſſible à ceux qui les repréſentent, d'en prendre l'eſprit ; alors leur jeu confirme, ſi les Au-teurs les ont puiſés dans la nature ; c'eſt au Spectateur à ſe garder de la méprife, & à ne pas reprocher au Comédien, des défauts qui naiffent du fond de l'Ouvrage. Son art peut à la vérité éblouir fur quelques-uns ; mais il ne parviendra jamais à intéreffer : on doit fur-tout faire cette attention dans un début, en examinant le rôle choifi, & les difpofitions qu'il exige : mettre du naturel où il ne faut que de l'art, c'eft n'être pas Comédien ; employer l'art où il ne faut que du naturel, c'eft ne pouvoir jamais le devenir.

Lorfqu'un Acteur eft bien pénetré de fa fituation, il n'a pas befoin d'étude pour varier fon rôle toutes les fois qu'il le jouë, quoiqu'obligé de paroître le même homme,

il trouve le moyen de paroître toujours nouveau, & c'eſt là, préciſé-
ment, ce qui fait le grand Comédien.

Il eſt inutile de vouloir preſcrire
aux perſonnes de Théâtre, des regles pour nous plaire, elles n'en
doivent recevoir que des perſon-
nages qu'elles ont à repréſenter;
chaque caractere, chaque ſituation,
exigent des mouvemens ſi différens,
que ce n'eſt qu'en conſultant bien
la nature, qu'elles réuſſiront; elle
leur fournira la vérité, les fineſſes
& les graces du débit, bien mieux
que des volumes entiers de pré-
ceptes; il faut ſur-tout qu'elles ayent
reçu ces agrémens qui prévienent
d'abord en leur faveur, & qui
flattent

flattent les yeux, pour qui principalement ils femblent être faits, &
qui font les témoins des images que
l'on veut repréfenter à notre efprit :
Il eft impoffible qu'une chofe aille
au cœur, quand elle commence à
choquer les yeux & les oreilles,
& l'on a raifon de s'informer
dans le début d'une jeune Actrice,
fi elle eft jolie, puifque c'eft la premiere chofe que l'on doit exiger
d'elle ; & quelques années après,
on pourra raifonnablement demander fi elle eft bonne Comédienne : on devroit pareillement s'informer, fi un Débutant eft bien
fait, fur-tout lorfqu'il veut fe charge des rôles de Princes & d'A-

B

moureux : fi l'on vous dit qu'il a les jambes torfes, une figure ignoble ; mais qu'il a des talens, que perfonne ne récite mieux un vers : répondez que cet homme eft un Acteur de répétition, qui ne doit jamais paroître en public, que dans la foule pour n'être pas diftingué.

En fuppofant aux Acteurs les avantages du corps, pour bien remplir les emplois dont ils font chargés, ils ont encore befoin d'une égalité d'ame, qui ne fouffre chez eux d'autres fentimens que ceux qu'ils doivent repréfenter. Comment Moncade pourra - t'il n'être occupé que de fes galanteries, fi la perte qu'il a fait la nuit précé-

dente au jeu, l'a effectivement obligé de mettre son habit de bonnes
fortunes en gages.

Ainsi que l'esprit, il faut que le
corps soit tranquille, & cette tranquillité ne peut venir que de l'ai-
sance; il faut qu'un Comédien ignore la nécessité, & qu'il ne porte
pas au Théâtre les inquiétudes &
les embarras de son ménage. Avec
quelle grandeur Agamemnon par-
lera-t'il aux Héros de la Gréce, s'il
a fait lui-même bouillir son pot le
matin ? La noblesse ne sçauroit se
conserver dans des emplois aussi
vils, & il vaut mieux un Comédien qui parle à son Tailleur comme à Agamemnon, qu'un Achille

B ij

qui parle à Agamemnon comme à
fon Tailleur ; enfin l'Acteur eft fait
pour le Théâtre , & l'on doit peu
s'informer de ce qu'il fait en Ville,
on fçait feulement qu'il faut qu'i
y foit bien , & qu'il ait des gen
à fon commandement.

Pour prendre une juftefle dan
nos Jugemens, nous ne devons le
porter que par comparaifon, en met
tant l'Acteur en parallele avec lui
même ; oppofer à ces endroits ma
gnifiques où nous fommes com
me entraînés hors de nous , ceu
où fon art voudroit nous for
cer à l'applaudir , malgré la répu
gnance que nous y fentons ; enfi
conclure, que plus leur jeu eft na

turel, plus il eſt parfait, & que l'art ne doit abſolument y entrer, que pour embellir la Nature.

CHAPITRE II.

L'OPERA.

L'Opera eſt un Spectacle, qui n'étant point borné par les regles de la vraiſemblance, emprunte de l'art tout ce qui peut ſervir à le varier; plus les parties qui le compoſent ſont étonnantes & merveilleuſes, plus il flatte lesSpectateurs: l'unité du lieu, celle du tems, ne lui ſont point connuës, celle de l'action n'y eſt pas abſolument bien obſervée;

on voit dans le même inſtant, le
ſéjour des Dieux & les Enfers, les
fureurs remplacent les graces, le plus
affreux Déſert ſuccede au Palais le
plus magnifique; nos yeux ne s'ap-
perçoivent pas de l'impoſſibilité du
changement de lieu, quoique nous
reſtions toujours à la même place,
par le plaiſir que ce changement
leur procure : ces ſons charmans
qui frappent nos oreilles par la dou-
ce harmonie des voix des Acteurs
qui aiment, haïſſent & meurent en
chantant, nous enleve la réflexion
du défaut de vérité. On a vu à ce
ſujet aſſez de critiques, qui n'ont
fait qu'augmenter le plaiſir que l'on
goûte à ce brillant Spectacle.

Pourquoi exiger des regles où il n'en faut point? Ce feroit détruire la chofe même dans fon principe, puifqu'elle ne fubfifte que par cette irrégularité, dont cependant chaque partie doit avoir fes perfections, c'eft ce qui rendra nos Operas toujours foibles du côté du Spectacle, la petite étendue du lieu, ne permettant pas de placer des décorations qui reffemblent affez aux endroits que l'on veut nous repréfenter ; lorfque l'on nous annonce une longue fuite de Rochers, terminée par une Mer, chargée de Vaiffeaux, & que tout cela fe trouve renfermé dans un auffi petit efpace, l'impoffibilité ôte tout le

charme de l'illufion : notre imagination ne fupplée pas affez pour
grandir les objets, & nous croyons
fimplement voir des deffeins de
cartes.

Les Scénes qui fe paffent dans
des Palais ou autres Lieux bornés,
peuvent être fufceptibles de plus de
vérité : parce que l'art du Peintre
peut alors raffembler, dans un feul
point de vûe, tout ce que l'imagination defire & peut exiger.

C'eft donc la Mufique ou nos
Danfes qui engagent les Etrangers
à voir fouvent l'Opéra ; il y a trop
long-tems que l'on eft en difpute fur
la prééminence de la Mufique Françoife & de la Mufique Italienne,

pour

pour oſer donner la préférence à la nôtre ; & ils ſont abſolument décidés là-deſſus ; auſſi le ſçavant M. Rameau a-t'il réuni les graces & la douceur de l'une, avec la vivacité & le génie de l'autre.

Le goût du Chant ſe trouve ſans doute ſur ce Théâtre, & les Etrangers auront de la peine à trouver chez eux un Jeliotte : la nature ſemble l'avoir formé pour ſéduire le cœur & les oreilles ; il peint également bien les fureurs d'Atis & ſes amours ; toujours nouveau, toujours ſéduiſant, on ne ſçait s'il doit plus à l'art qu'à la nature ; on peut le croire un chef-d'œuvre de l'un & de l'autre ; la diſtance de ſes talens,

C

à ceux des Acteurs qui le doublent, ou pour mieux dire, son élévation laisse un vuide affreux dans l'exécution d'un Opera.

Sans être nécessairement Musiciens, les gens de goût pourront facilement apprétier le mérite de ce Théâtre, s'ils s'en rapportent au plaisir qu'ils sentiront : quelque soient les défauts de la voix du sieur Chassé, on sera toujours charmé de le voir paroître ; son entrée au Théâtre, sa démarche, la noblesse de ses gestes en imposent ; & l'on voit effectivement en lui, Cephée, Abramane, Tancrede, & autres grand personnages qui n'ont point de cadences ; mais c'est un modele. Qu n'avons-nous ainſi un Mithridate, un Théſée, un Auguſte, un Atrée, quels plaiſirs de plus !

Rien de plus grand que Mademoiſelle Chevalier dans les rôles de Magicienne : nous l'avons vuë depuis peu dans celui de Clorinde, exciter en nous le trouble & la pitié ſur un Théâtre, où l'on ne connoît ordinairement que le plaiſir des ſens.

Mademoiſelle Fel, qui joint aux talens d'Erato ceux de Melpomène, auſſi bonne Actrice que Muſicienne habile, ne diſpoſe-t'elle pas à ſon gré des cœurs & des eſprits, lorſqu'elle nous repréſente une Amante éploré dans Atis un Amant qui la méconnoît ; mais ſi elle imite le doux chant des Oiſeaux, & que défiant les Roſſignols, elle cherche à égarer notre imagination, nous éprouvons alors tous les charmes que peuvent produire la varieté des ſons & leurs agrémens.

On peut hardiment s'en rapporter à la voix du Public, au ſujet des Acteurs dont on vient de parler; comme il n'en juge que par le plaiſir qu'ils font ſentir, le jugemenr ſera certain.

Il en eſt d'autres qui ont beaucoup de talens, & les Connoiſſeurs de l'Art ſçavent leur rendre juſtice; d'ailleurs l'on ne parvient pas ſi-tôt à plaire, & l'on n'eſt rien ſur ce Théâtre, ſi l'on n'y eſt parfait.

Nos Danſes ſont ſans doute ce qu'il y a de plus exactement beau dans ce Spectacle, autant par la varieté des Ballets qui ſont très-bien deſſinés, que par l'exécution qui répond parfaitement au génie du Compoſiteur : les Pas de deux, de trois, &c. ne cedent en rien à ceux que l'on voit chez les Étrangers ; Mademoiſelle Camargo jouit depuis très-longtems, de l'avantage d'être la premiere Danſeuſe de l'Europe. On eſt flatté de trouver dans Mademoiſelle Lany un ſujet capable de lui ſucceder.

On voit encore avec plaiſir, la

C iij

jeune Puvigné, nous promettre les graces & les talens de Mademoiselle Salé; c'étoit une perte qui n'avoit pû être réparée, quelqu'effort que ce Théâtre ait fait pour la remplacer.

La légereté & la précifion du fieur Dupré, feront toujours l'admiration des Amateurs de la belle Danfe : il n'éblouit pas, il flatte, & veut être vû de près : ce n'eft qu'en examinant fes différentes attitudes & fes graces, que l'on découvrira ce qu'il lui en a coûté, pour atteindre à ce point de perfection.

CHAPITRE III.

COMEDIE ITALIENNE. *

LEs Étrangers ſont attirés au
Théâtre Italien, par l'eſpérance d'y apprendre le goût & l'eſprit
de cette Nation. Pour rendre ce
Spectacle moins ennuyeux, les Comédiens ont été obligés d'accom-
moder leursPiéces au goût desFran-
çois, c'eſt-à-dire, d'en écarter toutes
les extravagances qui ne convien-
nent qu'à des Bâteleurs, tels qu'ils
ſónt dans les principales Villes d'I-
talie : ce Spectacle eſt difforme &
imparfait, même dans les Piéces

* Voyez S. EVREMONT.   C iiij

Italiennes ; car il ne peut point être
une école pour la pureté du langage, la plûpart des Acteurs con-
fervant l'idiôme propre à chaque
Ville où il a été élevé, ce qui fait
un mêlange qui n'apporte aucune
utilité, & qui fera toujours défa-
gréable à ceux qui auront l'avantage de bien parler Italien.

Les Piéces Françoifes fouffrent
beaucoup encore par la diffonance
qui fe trouve dans la voix des Acteurs : les femmes fur-tout ont porté ce défaut à l'excés ; une céle-
bre Actrice n'a pû s'en corriger, &
il lui a fallu autant de talens, qu'elle en a montrés depuis qu'elle e
au Théâtre, pour dédommager le

yeux des tons faux dont elle frappoit les oreilles. Mais que ne peut le jeu naturel embelli par les graces? on a mieux aimé se soumettre à son imperfection, que de la perdre avec ses agrémens. Depuis qu'elle s'est chargée des rôles de Mere, elle a montré que ce n'est qu'en raisonnant ses rôles , que l'on peut parvenir à intéresser dans tous les caracteres. Mademoiselle Silvia est la Comédienne la plus remplie de l'esprit de son état; elle en a développé toutes les finesses, soit dans les Piéces Françoises, soit dans les Scénes Italiennes; il seroit à souhaitter qu'elle voulût se charger de former quelque jeune perſonne qui pût la remplacer, du-moins dans une partie de ſes rôles: ce ſeroit le comble aux obligations, que ceThéâtre lui doit par le crédit qu'elle lui a conſervé.

Il n'y a donc que les différens caracteres dont les meilleurs Acteurs ſont chargés, qui puiſſent amuſer; c'eſt auſſi ce qui rend ce Spectacle ſi fréquenté : nous devons à leurs empreſſemens à plaire au Public, mille plaiſirs nouveaux, qui marquent leur goût & leur diſcernement.

Le Sieur Carlin qui jouë les rôles d'Arlequin, eſt l'Acteur le plus vrai que l'on puiſſe trouver dans ce genre; il ne faut que l'avoir vû dans le Prince de Salerne, dans les Folies de Coraline, & généralement dans toutes les Piéces où il se trouve sur la Scéne avec Coraline & Scapin, pour admirer combien son jeu est varié : ces trois Acteurs ont mis tant de finesses & de naïvetés dans leur Dialogue, qu'ils ont ramené le Public qui les avoit presque abandonnés. Envain voudroient-ils substituer à leurs Scénes Italiennes, des Piéces Françoises ; ils seront toujours obligés d'en revenir au genre qui leur est propre.

Ce n'est pas qu'il n'y ait parmi eux des sujets très-capables de bien représenter certains caracteres que l'on a introduits sur leur Théâtre ;

il faudroit être ingrat & bien peu
connoiffeur, pour ne pas rendre au
Sieur de Heffe la juftice qu'il mérite ; géneralement dans tout ce
qu'il entreprend, il y fçait l'art de
plaire : les Rôles de Valets pren-
nent par lui la forme qu'ils doivent
néceffairement avoir.

Le Sieur Riccoboni, qui vient
de quitter la Scéne, joignoit à une
pénétration des plus vives, une connoiffance particuliere des Théâtres :
il étoit au vrai ce qu'il repréfentoit,
s'il ne l'étoit pas en beau.

Il conviendroit qu'il y eût à ce
Théâtre un Arlequin François, pour
remplir les Rôles de ce Caractére
dans les Piéces Françoifes, qui veu-

lent ordinairement beaucoup de fi-
neffe & de vivacité. Un Étranger,
qui fçait à peine la Langue*, & qui
en ignore toutes les beautés, ne peut
les rendre que difficilement, fitôt
qu'on s'apperçoit qu'il fouffre, le
Spectateur éprouve la même contrainte, & l'ennui prend la place du
plaifir.

Ils ont des Comédies qui font
très-bien exécutées, la Coquette
fixée, la mere Confidente, la Surprife de l'Amour, Timon Mifantrope, &c. S'il manque quelque
chofe à l'exécution, ils fçavent
en dédommager par des Ballets, dont l'invention fera toujours
honneur à celui qui les compofe;

& fur-tout Melle. Ray & Melle. Camille , méritent bien les applaudiſſemeñs que le Public leur donne, avec autant de plaiſir qu'elles en ont à le ſatisfaire.

Cependant il ne faut jamais regarder la Comédie Italienne, que comme étrangere à nos mœurs, & imparfaitement jouée par des Acteurs de différentes Provinces d'Italie ; on doit la voir avec beaucoup de précaution, étant peu châtiée & ne pouvant être ſoufferte, que comme ſupplément à un Théâtre plus utile & mieux travaillé.

CHAPITRE IV.

COMMEDIE FRANÇOISE.

RIEN de moins connu que le goût de la déclamation chez les Anciens : il est si difficile d'accorder les Auteurs qui en ont parlé, que l'on est forcé de croire, qu'ils n'en ont jamais eu une juste idée. On voit cependant qu'elle devoit avoir quelque chose de grand & de majestueux ; mais que la nôtre est beaucoup plus naturelle & plus exacte ; comment Roscius* auroit-il pû toucher & émouvoir en déclamant sous le masque, & laissant à un autre le soin de faire les gestes ?

* C'étoit principalement dans les gestes que que Roscius excelloit, *vid.* CIC.

Les Romains avoient trop de goût pour ne pas fentir les défauts d'un tel Spectacle ; mais le temps, les ufages & les circonftances autorifent bien des chofes ; d'ailleurs, que nous importe la magnificence des Théâtres de Rome, fi les agrémens des nôtres nous empêchent de les regreter ? Les Baron, les Defmare, les Lecouvreur, ont bien vengé leur Siécle ; & la gloire qu'ils ont méritée à la Scéne Françoife, leur vaudra l'immortalité. L'art y embellit, ce que la Nature ne feroit que montrer groffiérement, & ce n'eft qu'avec beaucoup de peine que l'on découvre les chemins par lefquels on eft parvenu à fixer notre

attention

attention fur des fujets éloignés, &
à nous intéreffer fur des événemens,
qui n'ont peut-être jamais exifté
que dans l'imagination du Poëte.

Les régles que nos Auteurs fe
font prefcrites dans le Poëme dra-
matique, font tellement abftrai-
tes, qu'elles ne veulent être em-
ployées qu'imperceptiblement : il
faut qu'elles entraînent après elles
une vérité d'action, qui ne permette
pas de la faire aller autrement : c'eft
principalement par ces refforts ca-
chés, que les grands Maîtres ont
acquis une fi grande reputation , &
qu'ils ont joint à la beauté du ftyle
une conduite dans leurs Ouvrages ,
nconnue chez les Anciens, & mê-

D

me encore chez les Etrangers.

Les Comédiens, pour bien rendre ces Ouvrages, ont été obligés
de prendre le même efprit que celui de l'Auteur, & de ne pas s'écarter de fon fujet. Ce grand art de
fuivre pas à pas la Nature dans fes
différentes opérations, n'a pas
été mieux connu par les Comédiens, que la conduite des Piéces
par les Auteurs; les uns & les autres ont effayé divers moyens de
plaire, & ils n'y font enfin parvenus
qu'en fe foumettant à la vérité &
au naturel.

La déclamation femble avoir
changé tous les dixans, & les Traget
dies de Corneille & de Racine, on-

té jouées de tant de façons, qu'il
est presque impossible de donner le
point juste de l'art que l'on y doit
employer ; le Public qui juge plus
souvent par le bruit géneral, que
par une connoissance particuliere,
n'examine point si l'Acteur est dans
le naturel ; il ne voit que le Comédien.

On a cru pendant bien du tems,
qu'il falloit déclamer le Poëme dra-
matique d'une maniere, qui tenoit
plus du chant que du langage, comme si les Princes que l'on représen-
te dans une Tragedie, ne parloient
pas comme les autres Hommes :
c'est ce qui a fait dire à M. l'Ab-
bé de Condillac, que les Anciens

D ij

chantoient leurs Rôles : parce que l'on apprend que les Comédiens Grecs & Romains avoient des tons prescrits par des Notes qui les guidoient dans la déclamation, suivant les différentes paffions qu'ils avoient à repréfenter. Il y a apparence que ces tons n'étoient point harmoniques, mais feulement ceux du Dialogue qui convenoient au Caractére, & un uniffon entre les Acteurs, au défaut duquel les oreilles auroient eû beaucoup à fouffrir par la diffonnance des voix. Cet accord fe trouve parfait chez les Comédiens du Théâtre François ; on peut en faire la comparaifon avec les Comédiens de Provinces, qui viennent débuter à Paris; mais cet uniſſon n'exige pas une déclamation empoulée, telle qu'on l'a vûe dans les derniers tems, & que nous la •voyons encore chez la plûpart des Acteurs, qui ne s'en ſervent qu'au défaut de talens naturels, pour rendre leurs Rôles moins à la portée du jugement des Spectateurs.

Comment ce mauvais goût n'auroit-il pas eû ſon cours, puiſque ceux qui avoient un intérêt particulier à le bannir, l'ont autoriſé, quand ils ont cru qu'il pouvoit leur être favorable? On vient de voir, dans une Préface, d'un des plus grands Génies du Siécle, un long

Difcours, qui tend à prouver, que les Comédiens négligent trop la déclamation dans la Tragedie. Voici comment cet Auteur s'explique ; » Il faut convenir que, d'environ » quatre cent Tragedies, qu'on a » données au Théâtre, depuis qu'il » eft en poffeffion de quelque gloi- » re en France, il n'y en a pas dix » ou douze qui ne foient fondées » fur une intrigue d'amour, plus » propre à la Comédie qu'au genre » tragique : c'eft prefque toujours » la même Piéce, le même nœud » formé par une jaloufie & une rup- » ture, & dénoué par un mariage : » c'eft une coquetterie continuelle; » une fimple Comédie, où des

» Princes font Acteurs, & dans la-
» quelle il y a quelquefois du fang
» de répandu pour la forme.

» La plûpart de ces Piéces, ref-
» femblent fi fort à des Comédies,
» que les Acteurs étoient parvenus
» depuis quelques tems à les ré-
» citer, du ton dont ils jouent les
Piéces qu'on appelle du haut Comique ; ils ont par-là contribué
à dégrader encore la Tragédie :
la pompe & la magnificence de
la déclamation ont été mifes en
oubli ; on s'eft piqué de réciter
des vers comme de la profe ;
on n'a pas confidéré qu'un langage au-deffus du langage ordinaire, doit être débité d'un ton

» au-deſſus du ton familier. Et ſi
» quelques Acteurs ne s'étoient
» heureuſement corrigés de ces dé-
» fauts, la Tragédie ne ſeroit bien-
» tôt parmi nous, qu'une ſuite de
» converſations galantes, froide-
» ment récitées, &c. » Ne pas dé-
ferer à un raiſonnement auſſi dé-
licat, ce ſeroit en méconnoître l'Auteur, & ſi l'on y fait quelques ob-
jections, ce n'eſt que pour l'admirer davantage.

M. de Voltaire qui voit tout du
beau côté, & qui ſçait combien
il eſt difficile de ſuivre la ſimple
nature, conſeille aux Acteurs en
géneral de s'attacher à la déclamation ; mais tous n'en ont pas une
idée

dée auffi parfaite que lui, & ils
prendront fûrement le change, en
voulant trop fuivre ce qu'il a avan-
cé : celle qui tient tout de l'art,
& qui eft la plus facile à ac-
quérir, fera la premiere qui fe pré-
fentera & qu'ils choifiront. Il voit
fes Acteurs, il en connoît la foibleffe, il fçait qu'ils ne foutiendront
jamais cette noble fimplicité qui
a fi fort élevé Baron, & dont il a
lui-même fi grand befoin pour toutes fes Tragédies. Il ne lui faut que
du beau naturel dans fes Acteurs;
il ne le trouve que dans un bien
petit nombre; que ce nombre lui
fuffife; la repréfentation n'embellit
fes Ouvrages qu'un inftant : com-

E

me ils font le plaifir de notre Siécle, ils feront lûs & admirés de la poftérité, & l'on dira, la feule Duménil a joué Mérope, la feule Gauffin a joué Zaïre.

La déclamation n'eft que l'expreffion du Dialogue ornée de toutes les béautés qui peuvent lui convenir, c'eft ainfi que Dancour a fait parler les Payfans, Autreau les Bergers, Moliere les Bourgeois, Corneille & Racine les Rois & les Princes.

Il eft vrai qu'une Tragédie peut fe changer en Comédie, lorfque les mêmes penfées feront rendues dans le langage qui leur convient, & les Parodies du Théâtre Italien en font une preuve; mais pour cela, il faut que l'Acteur prenne le ton de son rôle, & que Pierrot ne parle pas comme D. Pedre ; car aussi-tôt que les personnages de la Comédie exigent le même ton que ceux de la Tragédie, l'Acteur manqueroit à la vraisemblance, s'il vouloit y mettre du Comique.

Depuis que l'on a introduit sur la Scéne ce goût bisarre de Piéces larmoyantes, les Comédiens n'ont sçu comment ils devoient les jouer ; comme elles approchent plus du tragique que du comique, ils en ont pris tous les tons & les gestes. Nous avons telles Comédies au Théâtre, dont il n'y auroit qu'à changer le titre & le nom des perfonnages, pour en faire des Tragédies touchantes & pleines de moralités : la verfification en feroit foible ; mais les larmes cacheroient ce défaut, & à la faveur de quelques penfées de la Bruyere, heureufement placées, on auroit une Tragédie bonne ou mauvaife ; en cela il n'y a que les Acteurs à plaindre ; tout ce qu'ils difent, n'étant point naturel, ils font obligés de fe faire un jeu auffi fingulier, que le génie de ces Auteurs.

Cependant les Acteurs font bien de fuivre l'efprit de leurs rôles, parce qu'alors la faute eft toute pour le Poëte, qui ne doit pas tirer d'un fujet de Romans, des caracteres qui ne rempliront jamais la Scéne Comique : ce nouveau genre, quoiqu'on dife, n'annonce que la ftérilité de l'imagination, & tous les difcours ne fçauroient détruire le principe, qu'il faut pleurer à la Tragédie, & rire à la Comédie.

Un Auteur * qui mérite par fon fexe toutes fortes d'égards, a bien mieux confulté la Nature dans la Piéce de Cenie. Quoique le fujet en foit un peu romanefque, ce défaut paffé, toute la vraifemblance a été confervée, en faifant parler fes Acteurs, le langage ordinaire des honnêtes-gens : les fentimens y font peints avec toute la délicateffe pof-

* Madame de Graffigny dans Cenie.

fible. Clerval eft le plus honnête-homme & le plus amoureux qui foit au Théâtre : fa paffion n'a rien que de flatteur ; on rit de voir fes inquiétudes & fes tranfports ; il ne paroît point Amant par des maximes prifes dans L. R ; mais dans la fituation où il fe trouve, il ne dit rien que l'on ne penfât avoir dit à fa place ; enfin ce caractere eft un modele : en faut-il davantage pour juftifier le fuccès de l'Ouvrage? Une action noble n'eft point étrangere à la Comédie, & il n'y a rien dans le Mifantrope, qui ne fe pût dire encore à préfent par lés perfonnes de la premiere condition : fi-tôt que les bons Acteurs font à leur aife dans

un rôle, c'eſt qu'il eſt bien fait ; de
même, quand dans un bon rôle,
l'Aɛteur eſt gêné , c'eſt qu'il n'a
point de talens.

Depuis que le bon goût a ramené
le véritable Dialogue ſur la Scéne,
les Aɛteurs craignant de mettre trop
de trivialité dans leur déclmation,
ont voulu ſe diſtinguer par des efforts
de voix qu'ils croyoient pouvoir fixer l'attention du Public. Ce dé-
tour n'a que trop bien réuſſi, & le
Speɛtateur étonné de ces éclats im-
prévus, n'a point examiné que ce
n'eſt pas ainſi que les Héros que
l'on nous repréſente doivent parler ;
il a donné dans le piége, & a mis
un mérite à bien crier à la fin d'une

E iiij

Scéne, & à la quitter avec préci-
pitation : tel Acteur brille aujour-
d'hui pour bien crier fon rôle, qui
n'auroit ofé paroître autrefois pour
ne le fçavoir pas chanter.

Il eft fi facile de s'appercevoir
de ce mauvais goût, que malgré
l'oppofition de certains Acteurs qui
n'ont pû s'y foumettre, & qui jouif-
fent à fi bon droit des applaudiffemens du Public, on ne laiffe pas
d'applaudir encore ceux dont le jeu
eft forcé dans tout le débit du rôle.

Les Comédiens François feroient
capables de fournir à tout ce que
l'on pourroit exiger d'eux, fi l'on
étoit bien décidé fur le vrai goût
du Théâtre, & qu'on fût bien

perſuadé que le Comédien ne doit jamais ſortir de la nature, mais ſimplement l'embellir.

CHAPITRE V.

DES ACTEURS DANS LE COMIQUE.

ON peut dire que la Comédie en particulier, n'a jamais été ſi bien jouée, parce que nos mœurs n'ont jamais été ſi polies, & que les Acteurs ſont bien plus capables de la repréſenter.

Depuis Moliere & Renard, les les Comédiens ont ſuivi autant qu'ils ont pû la tradition; ils ſe ſont attachés à rendre les caracteres, tels qu'on les jouoit dans ce tems-là ; fans doute qu'ils avoient le véritable point de juftelle ; puifque de nos jours, nous nous appercevons encore, quand l'Acteur imite fon original ; cependant il leur a été impoffible de conferver plus long-tems le jeu de leurs prédécelleurs, autant par l'éloignement des tems, que par la nouveauté & la variété des caracteres que l'on a introduits fur la Scéne : ce ne font plus de ces originaux marqués aux grands traits, comme l'Avare, le Tartuffe, le Mifantrope, le Joueur, & tous ceux qui fe trouvent dans l'ancien Théâtre. Tous ces caracteres étant

épuisés, on a été forcé d'en peindre
de moins frappans; mais dont les
nuances plus délicates rapprochent
plus des mœurs de notre Siécle: tels
font ceux qui fe trouvent dans le
Glorieux, le Préjugé à la mode,
la Métromanie, les Dehors trom-
peurs, l'École des Meres, Mela-
nide, le Méchant, &c. Voilà les
Originaux queDétouches,la Chauf-
fée, Boiffy, Marivaux & Greffet
nous ont fournis; & les Comédiens
n'ont pû devenir fameux, qu'en étu-
diant le monde avec lequel ils vi-
vent; ils en reçoivent des leçons
bien plus fortes, que celles que l'art
leur donneroit: auffi ne vit-on jamais le Théâtre plus parfait en ce

genre, qu'il l'eſt aujourd'hui.

Les ridicules & les agrémens y
ſont dans leur plein jour.

Le Sieur Grandval eſt le miroir
des petits Maîtres François; ils rient
de ſe voir ſi bien repréſenter; rien
ne lui échappe de ce qui peut les
caractériſer ; ſon jeu varié & déli-
cat plaît d'autant plus, qu'il eſt ex-
trêmement raiſonné : c'eſt l'Acteur
le plus vrai & le plus inimitable
qu'il y ait eû ſur la Scéne.

Le Sieur la Thorilliere après bien
du tems & encore plus de peine,
eſt enfin parvenu au point de faire
oublier le charmant Acteur auquel
il a ſuccédé; on ne s'en reſſouvient,
que pour les comparer. Geronte

dans le Philosophe Marié, Lisimon dans le Glorieux, &c. ont déterminé le Public à lui rendre justice.

Personne n'a mieux connu la nature dans la Comédie, que le Sieur la Nouë ; il la pare de tous ses agrémens sans lui rien ôter de sa simplicité; on oublie en le voyant, que c'est un rôle qu'il doit représenter, c'est lui qui parle, ce sont ses sentimens qu'il met au jour, l'Acteur n'y est pour rien : quelle vrai-semblance, & quel Comédien !

Deux Acteurs qui jouent les Valets, méritent également les applaudissemens du Public. * L'un, en amusant les Spectateurs, cherche

* Le Sieur ARMAND.

à s'amufer lui-même, & à partager le plaifir qu'il donne aux autres, ce qui rend fon jeu très-vif
& très-naturel. * L'autre y met un
peu plus de raifonnement, ce qui
fait que le Comédien paroît davantage ; ils ont chacun une façon dif-
férente de repréfenter, qu'on ne
diftingue que parce qu'elles font
chacune fupérieure en leur genre.

Le Sieur Poiffon eft unique dans
fes caracteres. Quoique la nature
ait beaucoup contribué à le rendre
original, il ne laiffe pas que d'avoir
acquis beaucoup de talens qui le
rendent inimitable. Il eft grand Comédien, & remplit fes rôles de tant

* Le Sieur DESCHAMS.

de variétés, qu'à chaque repréſentation on y découvre une nouvelle
façon de les rendre. Cet Acteur
ſera difficile à remplacer, dans Tur-
caret, le Chevalier à la mode, la
Femme Juge & nombre d'autres
Piéces de Caractére.

Les Païſans ſont rendus avec toute
la naïveté & le comique poſſible,
par le Sʳ· Paulin. Quoique cet em-
ploi ne ſoit pas fort au Théâtre; il eſt
abſolument néceſſaire, & l'Acteur
qui en eſt chargé devroit s'y borner.

Quelques perfections que les Acteurs mettent, ſoit dans les Comédies anciennes, ſoit dans les Piéces
nouvelles, les Actrices s'y diſtin-
guent encore plus généralement.

Chacune dans son genre ne laisse pas espérer d'en trouver qui puisse la remplacer. Combien de fois Melle. Gauffin n'a-t'elle pas fait porter ce jugement après le Spectacle ? Amante infortunée dans l'Andrienne, tendre Épouse dans le Préjugé à la mode, vertueuse Mere dans la Gouvernante, simple Agnès dans Zénéïde, timide dans la Pupile, divine dans l'Oracle : enfin, partout belle & séduisante, elle soumet les esprits & captive les cœurs ; que d'hommages n'en a-t'elle pas reçus, plus capables de faire son éloge, que tout ce que l'on en pourroit écrire ? On ne peint pas si-bien les belles passions sans en être affecté,

affecté, & ce feroit affoiblir fon mérite, que de vouloir le détailler.

Les Rôles d'Amoureufes font d'autant plus difficiles, qu'ils paroiffent fort aifés : tout le Monde connoît l'Amour & ce qu'il fait dire ; il eft peu de perfonnes qui ne fe foient trouvées dans les fituations qu'on voit dans nos Comédies, & j'ofe dire, qui n'ayent été des Acteurs parf ; cette paffion étant plus connue, il eft difficile de lui donner des nuances qui frappent & qui paroiffent nouvelles : cependant une Actrice * a trouvé l'art de fixer l'attention du Spectateur ,

* Mademoifelle GRANDVAL.

F

par un maintien noble & intéreffant.
Tout eft charmant dans fon jeu ; fon
cœur & fa bouche s'accordent toujours dans l'expreffion : c'eft dans la
Surprife de l'Amour qu'elle peint le
fentiment, c'eft dans la Comteffe
du Méchant qu'elle peint le caractére.

Les Soubrettes n'ont jamais été
jouées avec autant de naturel & plus
de vivacité : Melle. Dangeville a fur-
paffé toutes celles qui ont paru jufques à préfent : elle poffede le grand
art de varier fes Rôles, qui par eux-
mêmes font affez uniformes, fi l'Actrice n'y joint mille fineffes qui les
diftinguent : c'eft par-là qu'elle a fçu
fe faire un genre qui lui eft propre ;

ce feroit rifquer beaucoup que de vouloir la copier : la Nature & l'Art font fi-bien d'accord qu'il faudroit un rapport bien exact, pour pouvoir mêler dans un jeu imité les agrémens naturels : tel Acteur eft parfait, qui ne veut être copîé en aucune façon : celui qui tire fon jeu de la Nature eft prefque inimitable ; on peut plus aifément atteindre les perfections de celui qui les tient de l'Art.

Outre les Rôles de Soubrettes, Melle. Dangeville en a encore beaucoup d'autres qui font briller fes différens talens, comme l'Amour dans le Nouveau Monde & dans les Graces, Julie dans la Femme Juge, l'Hôtesse dans le Mariage fait & rompu, Lizette dans le Lot Suppofé, la Duegne dans le Magnifique, &c.

C'eft dans ces différens caractéres, que Mlle. Dangeville nous montre la connoiffance qu'elle a de la belle Nature, elle feule fçait l'art qu'elle a employé pour les rendre auffi brillans que naturels; Éléve d'une des plus célébres Actrices qu'il y ait eu au Théâtre, elle en a reçu des leçons qui l'ont placée au premier rang, dans un âge où les autres commencent encore à entrer en lice; ce feroit d'elle que l'on devroit attendre un véritable art du Théâtre dans le Comique, elle découvriroit des principes qu'elle a connus mieux que perfonne. Tout annonce dans Melle. Dangeville un jugement fûr par la vérité qu'elle met dans fes Rôles, malgré leur variété & leur peu de rapport à fon âge & à fa figure. Céliante dans le Philofophe marié, la Comteffe d'Olban dans Nanine, font des caractéres qui ne lui convenoient point ; cependant nous avons vû avec quel fuccès cette admirable Actrice a furmonté ces défauts de vraifemblance ; il eft à préfumer que le travail a été prodigieux ; mais elle a trop de zéle pour fe rebuter. Ses plaifirs font fa-

crifiés à contribuer à ceux du Public ; en eſt-il de plus grands que
celui d'être la premiere dans un état
que l'on a choiſi ?

Il ſuffit de dire que Melle. Gau-
thier double l'Actrice, dont on
vient de parler dans certains Rôles,
avec beaucoup d'applaudiſſemens ;
pour juſtifier l'idée avantageuſe que
le Public a toujours eûe de ſes talens, ſur-tout dans les Servantes, où
ſans vouloir imiter Melle. Dangeville, elle ne laiſſe pas de faire bien
du plaiſir : ſon jeu paroît un peu
plus recherché, & l'art s'y montre
davantage ; ce qui fait qu'on lui
reproche de courir trop après l'eſprit : on a dit la même choſe de

Melle. Quinault, qui étoit la premiere Soubrette de son tems.

CHAPITRE VI.

DES ACTEURS DANS LE TRAGIQUE.

LA Nature commence les Acteurs ainsi que les Auteurs, & l'Art les perfectionne ; la Nature exposée grossiérement à nos yeux, bien loin de plaire, n'offriroit que des Images ennuieuses par l'habitude où l'on est d'être frappé de ces Objets ordinaires.

L'Art ne présenteroit non plus que des Ouvrages difformes, qui faigueroient nos sens aulieu de les flatter ; ce n'est que par le choix des parties délicates qui peuvent se convenir, que l'un embellit l'autre ; mais comme il est très-difficile de faire un assortiment assez exact, pour que ce mêlange ne laisse rien à désirer dans son effet : ceux qui ont le plus de facilité puisent dans la Nature leurs plus grands avantages, les autres empruntent de l'Art, ce que celle-ci semble leur refuser ; c'est pourquoi les Comédiens, dont le jeu sera tout naturel, seront plus parfaits dans les Rôles où l'Auteur aura le plus consulté la Nature : ceux qui tiendront de l'Art la plus grande partie de leurs talens, rendront aussi beaucoup mieux les endroits où le Poëte s'en sera servi,

pour

our élever & donner du sublime à
on sujet.

On peut mettre au nombre des
remiers, Melle. Dumenil , Melle.
Gaussin , les Sieurs Grandval &
Sarazin , & parmi les autres, Melle.
Clairon & le Sieur Lanoüe.

On peut consulter les Piéces,
dans lesquelles les Acteurs ci-des-
us jouent, & voir celles où ils sont
e mieux placés.

La Tragedie de Zaïre est une
e celles où tous les Caractéres
ont naturels ; il ne reste plus qu'à
oir si les Acteurs qui la représen-
ent y sont dans un poiñt plus avar.-
ageux que dans d'autres Tragedie;
ù l'Art est employé pour les faire
aloir.   G

Ne voit-on pas dans Mlle. Gauſ-
ſin, Zaïre telle que l'Auteur l'a-
voit en idée en compoſant ſon Ouvrage ; c'eſt ſon cœur qui regle ſes
mouvemens ; l'art jamais ne lui a
fait changer un geſte ; elle les a pris
ainſi que ſes tons dans la belle nature : par combien de larmes, le
Spectateur ne l'a-t'il pas reconnue
pour la Reine de la Tragédie dans
le pathétique?

Les pleurs décident mieux que les réflexions,

Oroſmane, vous êtes un Amant
bien paſſionné ; mais auſſi vous avez
la plus belle Maîtreſſe que le Se-
rail ait poſſedée ; elle balance entre
ſon Dieu & ſon Amant : le Spectateur n'eſt pas mieux décidé,

quand avec cette voix touchante, elle lui expose l'état affreux de son cœur....

> A ta Loi, Dieu puiſſant, oüi, mon ame eſt
>   renduë;
> Mais fais que mon Amant s'éloigne de ma
>   vuë.
> Cher Amant, ce matin, l'aurois-je pû pré-
>   voir,
> Que je duſſe aujourd'hui redouter de te voir?
> Moi, qui de tant de feux juſtement poſſedée,
> N'avois d'autre bonheur, d'autre foin, d'au-
>   tre idée,
> Que de t'entretenir, écouter ton amour,
> Te voir, te fouhaitter, attendre ton retour,
> Helas! & je t'adore! & t'aimer eſt un crime!

Il faudroit rapporter toute cette Tragédie, pour voir quel intérêt cette admirable Actrice met dans tout son rôle.

G ij

Celui d'Orofmane eſt encore pris dans la même ſource : toutes les paſ-ſions y ſont ſi bien ménagées, que l'Acteur qui les peut ſentir, ne peut manquer d'être applaudi. Auſſi le Sieur Grandval ſe ſurpaſſe-t'il dans cette Piéce. Qu'il juſtifie bien le goût de Zaïre ! ce n'eſt pas ainſi que dans toutes nos Tragédies, on pardonne aux Princeſſes leur paſ-ſion pour des Heros taillés à gué-rir de l'amour le plus violent.

Le Sieur Sarazin dans Luſignan eſt véritablement pere ; il ne cherche point par ſa déclamation à atten-drir le Spectateur ; tout ſon ſoin eſt d'apprendre le ſort de ſes enfans.

...... Leurs paroles, leurs traits,

De leur mere en effet , font lès vivans por-
traits.

Voilà le véritable Acteur ; on le
trouve dans Euphémon, dans Ly-
candre, dans Burrhus ; que lui fer-
viroit l'art ? Neron n'auroit point
été touché , s'il avoit foupçonné
qu'il eût dicté les remontrances de
fon Gouverneur.

Le rôle de Nereftan eft fort avan-
tageux , lorfque celui qui en eft
chargé, peut par fa figure intéreffer pour la Nation qu'il deffend :
tout doit annoncer en lui un Heros, & non pas un Petit Maître.

Celui de Châtillon, quoique très-
court, fournit à l'Acteur qui le repréfente, le moïen de montrer fes talens ;

le récit des malheureux Chrétiens dans Cefarée, intéreffe le Spectateur auffi bien que le Roi à qui il le fait; le Sieur le Grand qui en eft chargé depuis que la Piéce eft au Théâtre, a bien foutenu les applaudiffemens qu'il a fi fouvent mérités dans Théramene; il a trouvé le fecret d'embellir ce que les Auteurs ont toujours regardé comme un défaut dans leurs Ouvrages: ceux qui auront vû jouer ces rôles dans les Provinces, conviendront des talens qu'ils exigent.

Ces Acteurs ne feront plus les mêmes, fi vous les mettez dans des Piéces qui demandent plus d'art que de naturel.

Mlle. Gauffin dans Guftave, fera fort embarraffée pour mettre de l'intérêt dans le rôle d'Adelaïde, parce que le Poëte paroît trop dans ce qu'il lui fait dire. Il eft des détails qui font tort à un Ouvrage, bien loin de lui prêter des beautés; c'eft aux Auteurs à ménager les defcriptions, & à ne les placer qu'aux endroits, où le perfonnage n'aura rien de plus intéreffant à dire; autrement l'Acteur fera obligé de recourir à la déclamation empoulée; & alors l'ennui s'empare du Spectacle. Quelque beau que foit le récit de Theramene, il n'a jamais intéreffé que l'efprit; cependant on devoit s'adreffer au cœur, & nos larmes auroient montré nos regrets pour Hypolite, au lieu que nos applaudiſſemens ne montrent que notre admiration pour le Poëte.

Le Sieur Grandval qui joint à une parfaite connoiſſance de ſon Théâtre, des talens ſupérieurs pour la repréſentation, ne peut toutefois pas atteindre le ſublime qu'exigent certains caracteres, où la belle Nature veut être ſoutenue par tout le brillant de l'art. Nous éprouvons tous les jours ce vuide au Théâtre, malgré les avantages de cet excellent Acteur; cependant il n'en fut peut-être jamais, qui réunît tant de parties pour faire un grand Comédien, il ne lui manque que cet en-

semble qui est le chef-d'œuvre du
vrai beau ; mais on peut convenir,
que s'il a eu des maîtres dans la
Tragédie, la Comédie n'en recon-
noît point d'autre que lui. Baron
fut unique dans son genre, Grandval est charmant & inimitable dans
le sien : sans avoir couru la même
carriere, tous deux auront acquis
la même gloire, & tous deux auront fait le plaisir de leur siécle.

Le Sieur Sarazin qui est supé-
rieur dans les rôles pathétiques &
simples, n'a pas le même avantage dans ceux qui demandent plus
de fierté que de clémence, plus de
force que de vérité, tout annonce
en lui la bonté de son cœur ; &

c'eſt le déplacer, que d'en faire un
tyran : il eſt Auguſte dans Mithridate, & Luſignan dans Pharaſmane.
Son grand mérite eſt d'être parfait
dans un ſeul genre; mais ce genre
ſeul ſuffit pour produire un des plus
beaux effets de la Tragédie , qui
eſt ſans doute la pitié.

C'eſt ainſi qu'il faudroit que
chaque Acteur du Théâtre François, eût des qualités ſupérieures,
pour ne rien laiſſer à ſouhaitter dans
les caracteres qu'il auroit embraſ-
ſés ; ce qui feroit plus facile à Paris, où ils ſont en grand nombre,
que dans les Provinces, où l'O-
reſte de la grande Piéce devient le
Blaiſe de la petite ; & où pour être

propres à tout , ils ne font effectivement bons à rien ; exceller dans une
partie de chaque art , cela fe voit
communément ; mais les perfection-
ner toutes également , cela eft prefque impoffible.

Une Actrice * que l'on peut
regarder comme l'efpérance du
Théâtre , feroit bientôt au rang
de nos plus celébres Tragiques , fi
elle n'attendoit pas de l'art , ce que
la belle Nature leur a mérité. Plus
elle a de talens , plus il eft dangé-
reux qu'elle n'enfeveliffe le vrai
goût du Dialogue fous le faux éclat
de la déclamation. Tout eft forcé
dans fes rôles, & le Spectateur trouve

*Mademoifelle CLAIRON.

à peine à refpirer, tant il fouffre
de la contrainte où il la voit : il
eft vrai que cela peut lui réuffir ;
mais ce n'eft que dans des fituations
violentes, où tout devient fureur :
telles font les imprécations de Camille, le défefpoir de Didon, les
fureurs de Médée, &c. alors l'Actrice peut fortir de la nature, y ren-
trer, la forcer même pour en mieux
peindre les défordres ; mais ce n'eft
point ainfi que l'on doit jouer Al-
zire & Rodogune. Elle éblouira fans
perfuader dans les rôles deftinés à
nous intéreffer, & fans nous procurer le plaifir de répandre des larmes, qui eft fans contredit celui
qui affecte le plus notre cœur. Ce

qui doit nous raſſurer, c'eſt que ſes
talens ne ſont pas encore épuiſés,
& que l'on voit qu'elle peut aller
beaucoup plus loin ; ſa jeuneſſe, ſon
intelligence, & ſur-tout ſon grand
deſir de plaire, ne ſemblent-ils pas
nous promettre un ſujet digne de
remplacer ce qu'il y a eu de plus
grand ſur ce Théâtre ?

Nous voyons tous les jours un
Acteur, qui tient de l'art la plus
grande partie des talens, avec leſ-
quels il fait valoir ce qu'il repréſente ; le Sieur Lanoüe montre quels
avantages on en peut tirer, il lui
ſert à déguiſer les défauts de la Nature, il lui a fourni la nobleſſe dans
les geſtes, la force dans la voix &

les fineſſes de la déclamation ; que
ne peut-il lui donner un peu plus
d'élévation, une figure plus impo-
ſante ? nous aurions retrouvé le fameux Baron dans le Comte d'Eſſex,
& dans Cinna. Ce n'eſt pas qu'on
ne ſoit charmé de le voir ſur la Scéne, il y met trop d'intelligence &
trop de vérité, pour ne pas flatter
les vrais Connoiſſeurs ; eſtimé du
Public pour ſes mœurs, aimé pour
ſes talens, recherché pour ſes lumie-
res, il joint à toutes les qualités de
l'eſprit celle du bon Citoyen. Ce
n'eſt que par des qualités auſſi eſti-
mables que nous pourrons voir entrer dans la ſociété ceux, qui en la
corrigeant de ſes ridicules, contri-
buent le plus à ſes plaiſirs.

La figure doit avoir du rapport au perſonnage que l'on veut repré-ſenter, & alors l'art devient moins néceſſaire. Dans Iphigenie, Achille eſt un Heros que nous imaginons grand, majeſtueux, capable lui ſeul de balancer l'autorité d'Agamem-non, & de mettre un jour Hector à ſon char. Cette idée n'eſt plus rem-plie, lorſque le perſonnage n'y ré-pond pas exactement : nous atten-dons un homme qui faſſe trembler le Chef des Grecs, & qui puiſſe ſauver Clitemneſtre & ſa fille par une voix qui en impoſe même au Grand-Prêtre; enfin les Spectateurs veulent être raſſurés par ces vers ;

Votre fille vivra, je puis vous le prédire,

Croyez du moins, croyez que tant que je
 refpire,
Les Dieux auront envain conjuré fon trépas ;
Cet Oracle eft plus fûr que celui de Calchas.

Il eft aifé de voir combien nous perdons dans la Tragédie par le défaut de la repréfentation ; qu'il n'eft aucun Acteur qui puiffe rendre ces grands rôles qui ont acquis une fi grande réputation au Sieur Dufrefne : tels font Ladiflas, Antiochus, Herode, Guftave, Bajazet, Œdipe & Orefte, dont les fureurs ne font plus connues que par les beaux vers de Racine & de Crébillon.

Ce n'a été que par cette figure avantageufe, foutenue par un grand art, que nos célebres Acteurs ont ébloui les Spectateurs , & fauvé
les

les défauts même de leurs rôles;
quand ils manquent de cet avantage, ils dégradent les Heros, bien
loin de les élever.

Lorfque dans le Comte d'Effex,
le Garde demande l'épée au Comte,
la réponfe qu'il lui fait n'eft point
dutout naturelle :

> Je remets en tes mains ce que toute la Terre
> A vû plus d'une fois utile à l'Angleterre.

Cette rodomontade n'eft point
à fa place, & n'annonce pas un
homme bien perfuadé, qu'il doit
mourir dans un inftant : il importe
peu à ce Garde, d'être informé de
ce qu'a fait l'épée du Comte, &
ce dernier n'en peut tirer non plus
un grand avantage; l'art du Comé-

H

dien doit abfolument déguifer le défaut du Poëte ; & l'Acteur dont le jeu fera toujours naturel, ne rendra cet endroit que très-foiblement : envain appuyera - t'il fur *plus d'une fois*, cela ne fera pas plus d'impreffion fur l'efprit du Spectateur : voilà les avantages des Acteurs qui ont plus d'art que de naturel ; on a grand foin de les y exercer dans nos Tragédies nouvelles, où toutes les fituations font forcées, & où les caracteres n'ont aucune vraifemblance.

On trouve la même fituation dans une ancienne Tragedie de Rotrou ; mais elle y eft avec bien plus de vérité : Venceflas après avoir enten-

du les plaintes de Caſſandre con-
tre Ladiſlas, qui vient d'aſſaſſiner
ſon frere, demande au Prince ſon
Épée, le Prince répond :

> Mon Epée, ah ! mon crime eſt-il énorme au
> point
> De mé..;

LE ROY.

> ;..Donnez-vous, dis-je, & ne répliquez
> point.

LE PRINCE.

> La voilà....

x ſans faire valoir les ſervices qu'il
eut avoir rendus à l'Etat, il ſort,
n diſant.

> ....Preſſe la fin où tu m'es deſtiné :
> Sort ! Voilà de tes jeux & ta rouë a tourné.

La Nature paroît ici dans tout
ſn éclat ; auſſi le fameux Acteur
ui jouoit, il y a quelques années
ſ rôle de Ladiſlas, faiſoit-il ou-

blier le crime dont il étoit accufé, & emportoit avec lui les larmes de tous les Spectateurs?

Il faut à un Acteur tragique des traits qui en impofent, autant par la majefté qu'ils repandent fur toute la Tragedie, que, parce qu'ils femblent peindre mieux les Heros que l'on veut nous repréfenter ; l'on en peut juger par les Piéces où les Actrices de la Comédie Françoife font chargées des premiers Rôles : comme elles ont tous les agrémens de leur fexe, on s'intéreffe naturellement à tout ce qui les regarde ; Mademoifelle Gauffin dans Ines & Zaïre, Mademoifelle Clairon dans Didon & Ariane, Mademoifelle

Dumenil dans tout ce qu'elle jouë, font des Sujets tels qu'il en faut, pour conferver au Théâtre François le titre de premier Théâtre de l'Europe.

Les partifans du bon goût conviendront de la fupériorité de Mademoifelle Dumenil, en examinant la nobleffe, la variété & les fineffes de fon jeu : cette grande Actrice qui peut fervir de modéle à tous ceux qui fe deftinent au Théâtre, leur apprendra que la vraye déclamation n'eft que l'art d'annoblir le Dialogue, qui ne peut être que dans le fublime, l'héroïque, le pathétique & le fimple.

Premiere dans tous les genres,

une feule Tragedie fuffit pour les
expofer tous aux yeux du Public;
toujours grande dans le Comte
d'Effex, elle difpofe à fon gré de
fon cœur & de fes fentimens, elle
paffe fans peine de la violence à une
tranquillité parfaite, de la tendreffe
à la fureur, de la crainte au dégui-
fement & de la vengeance au défefpoir, les mouvemens de fon
cœur font alternativement peints
fur fon vifage, elle en fent jufques
aux moindres effets, & les commu-
nique au Spectateur qui la fuit fans
réfiftance, qui craint, qui gémit,
qui tremble avec elle, & qui pleu-
re même avant que de voir couler
fes larmes : on ne voit rien en elle

qui ne paroiſſe réel & effectif, parce
qu'elle accorde toujours ſa paſſion
avec le principal caractére, ſans jamais oublier l'un pour l'autre : qui
a pû jamais mieux jouer Phédre,
Hermione, Cléopatre, Léontine?
qui pourra lui ſuccéder dans Mérope & Semiramis? Quel art &
quelle dignité n'a-t'elle pas mis
dans cette derniere Tragedie, lorſqu'elle annonce à ſon Peuple
qu'elle veut ſe choiſir un Époux.

Si la Terre, quinze ans de ma gloire oc-
 cupée,

Révéra dans mes mains le ſceptre avec
 l'épée,

Dans cette même main, qu'un uſage jaloux

Deſtinoit au fuſeau ſous les loix d'un époux,

Si j'ai, de mes ſujets ſurpaſſant l'eſpérance,

De cet Empire heureux, porté le poids im-
 menſe,

Je vais le partager pour le mieux maintenir ;
Pour étendre fa gloire aux fiécles à venir, &c.

M. de Voltaire méritoit fans doute par la magnificence & la beauté de ces vers , le même refpeÂ vis-à-vis d'un tas d'hommes jaloux que l'envie raffemble ; & que l'ignorance divife. Honoré de l'amitié des Rois , Membre des plus célebres Académies de l'Europe, quels éloges plus glorieux des qualités de fon cœur, & de l'étenduë de fon génie! Sans doute il y a des défauts dans cette Tragédie ; mais comme dit fort bien M. de la Mothe :

Eh! quoi, ne fçais-tu pas quelle efpece eft la
    nôtre ?
~ Chacun de fes talens a beau s'enorgueillir ,
Dès qu'on eft homme il faut faillir ,

Et je fuis homme en cela plus qu'un autre.

D'ailleurs ,

D'ailleurs, ces défauts devien-
ent une obligation pour les Ama-
eurs des Lettres; il s'eſt chargé de
ſquer des ſituations, bien moins
our augmenter ſa renommée, que
our nous procurer de nouveaux
laiſirs; & cette raiſon auroit dû
aire tomber bien des Critiques, qui
e ſont injurieuſes que pour leur
auteur.

Qu'il eſt aiſé de s'oublier, en par-
ant d'un homme qui nous a ſi ſou-
ent fait oublier nous-même! mais
omme on ne parlera jamais de Mlle.
Duménil, ſans parler de Mérope,
ai crû pouvoir me permettre une
etite digreſſion, qui me procu-
era l'occaſion de montrer, quels

I

font mes fentimens pour M. de Voltaire.

Sans rien dire des avantages que Mlle. Duménil tire de l'art, admirons bien plus, combien elle en tire de la nature, dans un endroit, dont les plus habiles n'approcheront que difficilement, & qu'ils devineront encore moins, s'ils ne le lui ont vû repréfenter : c'eft lorfque Semiramis rappelle Oroës & lui dit :

> Répondez : ce matin aux pieds de vos autels,
> Arface a préfenté des dons aux Immortels ;
>
> O R O E' S.
>
> Oui, ces dons leurs font chers, Arface a fçû leur plaire.
>
> S E M I R A M I S.
>
> Je le crois, & ce mot me raffure & m'éclaire.

On diftinguoit dans le même inftant , & fa crainte & fa joye ; ces deux mouvemens fi différens , fe font fait fentir dans l'intervalle de ces mots , *je le crois* ; fes yeux annon-çoient cette fecrette fatisfaction , qui ne peut naître que du conten-tement de l'ame. Qu'il eft avanta-geux d'être fenfible , quand on doit infpirer de la fenfibilité aux autres !

On peut conclure , que la Co-médie Françoife eft remplie d'ex-cellens fujets ; mais qu'il lui man-que un premier Acteur, qui y trou-vera des modeles dans tous les gen-res , pourvû qu'il apporte une figure avantageufe , & des difpofitions ca-pables de recevoir les impreffions du vrai & du beau. Tel feroit un

I ij

Comédien, * qui jouit dans la Province d'une très-grande réputation, si depuis vingt ans il eût été fixé à Paris, pour s'y former & y prendre ce grand art de plaire, qui ne se trouve que dans cette Capitale. On se seroit épargné bien des débuts, qui n'ont servi qu'à grossir le nombre des Acteurs, & à épuiser les fonds de la Troupe par des pensions. Quelles idées de magnificence peuvent emporter les Étrangers de notre Théâtre? lorsqu'ils auront vû les plus grands Hommes qu'il y ait eû sur la Terre, représentés par les figures les plus ignobles. Rodogune, où est le tems que

* Le Sieur P R I N.

tu balançois entre deux Amans aussi aimables que vertueux ? chacun applaudissoit au soupir qui rendoit Antiochus heureux. C'est à vous, divine Hortense, à confirmer ce jugement ; vous êtes la premiere à qui il faut faire illusion ; c'est dans vos yeux que le Spectateur doit lire votre choix : quel ouvrage de plus vous avez à présent ! Un Prince contrefait est à vos genoux ; il n'offre à la douceur de vos regards, qu'un Crispin dans le Cothurne : on vous blâme de votre mauvais goût, & l'on ne vous pardonne, qu'en se ressouvenant, que c'est un rôle que vous jouez.

Rien ne montre plus la bonté de

notre Nation, que l'indulgence que
nous apportons dans le début des
Acteurs, & rien ne fait plus de tort
à nos plaiſirs : je ne dis pas qu'il
faille s'en rapporter aux premieres
repréſentations ; elles ſont trop ſuſ-
pectes : ni qu'il ne faille point en-
courager les talens, puiſqu'ils ne
brillent qu'à la faveur de l'émulation qu'on leur donne ; mais je crois
que ce n'eſt qu'après avoir vû au
moins pendant une année un Acteur, & avoir développé le fond
de ſon jeu, & le parti qu'il en peut
tirer, que l'on pourra raiſonnable-
ment l'applaudir ; alors nos applaudiſſemens feroient des témoignages
de ſon mérite, pourvû qu'aucun in-

térêt particulier ne nous oblige à le favoriser. Enfin le Théâtre est un Tableau que nous voyons tous les jours, & qui ne peut nous flatter continuellement, que par une Entente exacte des couleurs. Il faut un mérite réel & soutenu à un Acteur, pour que nous puissions le voir long-tems avec plaisir. Ergaste est fort honnête homme; mais il se fait Comédien malgré Minerve; qu'Ergaste soit sifflé jusqu'à ce qu'il ait abandonné la Scéne: pourquoi veut-on faire d'un galant homme un pitoyable Acteur, puisque ce n'est que par un grand mérite qu'il peut justifier le parti qu'il a pris ou qu'il va prendre? Vous lui ſuppoſez des talens ſupérieurs pour la Tragedie : quand cela ſeroit, il lui manque dequoi les faire valoir ; nos Acteurs ſenſés ont quitté le Théâtre ſitôt qu'ils ont manqué des avantages qui leur convenoient ; pourquoi Varus ne revient-il pas jouer Auguſte appuyé ſur une Canne ? Pourquoi la vieille Célimene ne reparoît-elle pas dans Phédre, malgré les rides qui ſont ſur ſon viſage ? Ergaſte aura encore long-tems à travailler pour les atteindre : mais ils ſe ſont rendu juſtice ; ils étoient perſuadés que tout doit être beau au Théâtre, que le Public n'étoit point fait pour ſupporter leurs infirmités ; puiſſent leurs exemples

exemples fervir à ceux qui n'ont pas
les qualités néceffaires pour leur
fuccéder ! Ils s'épargneront bien du
travail & à nous beaucoup d'ennui.
Peut-être reverrons-nous un jour
fur la Scéne Hérode , Bajazet ,
Pompée, Sertorius dans toute leur
grandeur : & cela ne fe pourra ,
qu'en laiffant un champ libre à ceux
à qui la Nature promettra une carriere plus brillante.

F I N.

K

PRIVILEGE DU ROY.

LOUIS, par la grace de Dieu, Roy de France & de Navarre : A nos amés & féaux Conseillers les Gens tenans nos Cours de Parlement, Maîtres des Requêtes ordinaires de notre Hôtel, Grand Conseil, Prévôt de Paris, Baillifs, Sénéchaux, leurs Lieutenans Civils, & autres nos Justiciers qu'il appartiendra ; SALUT. Notre amé le sieur * * * * * * * * * * * * *, Nous a fait exposer qu'il desireroit faire imprimer & donner au Public, un Ouvrage qui a pour Titre : *Essai sur la connoissance des Théâtres François*, s'il Nous plaisoit lui accorder nos Lettres de Permission pour ce nécessaires : A CES CAUSES, voulant favorablement traiter l'Exposant, Nous lui avons permis & permettons par ces Présentes de faire imprimer ledit Ouvrage en un ou plusieurs Volumes, & autant de fois que bon lui semblera, & de le faire vendre & débiter par tout notre Royaume pendant le tems de trois années consécutives, à compter du jour de la date des Présentes. Faisons défenses à tous Imprimeurs-Libraires, & autres personnes, de quelque qualité & condition qu'elles soient, d'en introduire d'impression étrangere dans aucun lieu de notre obéissance ; à la charge que ces Présentes seront enregistrées tout au long sur le Registre de la Communauté des Libraires & Imprimeurs de Paris, dans trois mois de la date d'icelles, que l'impression dudit Ouvrage sera faite dans notre Royaume & non ailleurs, en bon papier & beaux caracteres, conformément à la feuille imprimée, attachée pour modéle, sous le contre-Scel des Présentes ; que l'Impétrant se conformera en tout aux

Réglemens de la Librairie , & notamment à celui du 10 Avril 1725. qu'avant de l'expofer en vente , le Manufcrit qui aura fervi de copie à l'impreffion dudit Ouvrage , fera remis dans le même état où l'Approbation y aura été donnée , ès mains de notre très-cher & féal Chevalier le Sieur DAGUESSEAU, Chancelier de France , Commandeur de nos Ordres , & qu'il en fera enfuite remis deux Exemplaires dans notre Bibliotheque publique , un dans celle de notre Château du Louvre , & un en celle de notredit très-cher & féal Chevalier le Sieur Dagueffeau , Chancelier de France ; le tout à peine de nullité des Préfentes. Du contenu defquelles vous mandons & enjoignons de faire jouir ledit Expofant & fes Ayans caufes , pleinement & paifiblement , fans fouffrir qu'il leur foit fait aucun trouble ou empêchement. Voulons qu'à la Copie des Préfentes qui fera imprimée tout au long au commencement ou à la fin dudit Ouvrage , foi foit ajoûtée comme à l'Original : COMMANDONS au premier notre Huiffier ou Sergent fur ce requis, de faire , pour l'exécution d'icelles , tous Actes requis & néceffaires fans demander autre permiffion ; & nonobftant clameur de Haro , Charte Normande , & Lettres à ce contraires : CAR tel eft notre plaifir. DONNE' à Paris le dix-huitiéme jour du mois de Novembre , l'an de grace mil fept cent cinquante, & de notre Régne le trente-fixiéme. Par le Roy en fon Confeil.

Signé , SAINSON.

Regiftré fur le Regiftre XII. de la Chambre Royale & Syndicale des Libraires & Imprimeurs de Paris , N°. 519. fol. 389 , conformément au

Réglement de 1723, qui fait défense, Art. IV. à
toutes personnes, de quelque qualité & condition
qu'elles soient, autres que les Libraires & Imprimeurs, de vendre, débiter & faire afficher au-
cuns Livres pour les vendre en leurs noms, soit
qu'ils s'en disent les Auteurs ou autrement; & à
la charge de fournir à la susdite Chambre huit
Exemplaires prescrits par l'Art. CVIII. du même
Réglement. A Paris ce premier Décembre 1750.

Signé, LE GRAS, Syndic.

Imprimé en France
FROC032104200120
23228FR00020B/344/P

9 782329 364308